桃花散華

温情溢れる或る警察署長の話

香月正二

文芸社

昭和十三年三月七日。東京では銀座に次ぐ繁華街と歓楽街を管轄に持つ、此処新宿Y警察署の人気《ひとけ》少ない留置場の中は芯《しん》まで冷えるほどの寒さだった。

午前八時半頃、吉田刑事は留置場の独房の中から一人の女を連れ出し廊下に出た。

「これからうちの署長に面接することになるが、優しい方だから訊《たず》ねられたことは何でも正直に答えなさい。君にいろいろ助言してくれるだろう。悪いようにはしない筈だよ」

小声で女に語りかけ乍ら、二人は階段を上って行った。「署長室」と札の掛かる部屋の扉《とびら》を軽くノックして、「刑事課の吉田が参りました」と云ってドアを開け、林由妃《リンゆき》に部屋に入るよううながした。

「ホウ‼　君が汪林《おうリン》由妃君か。なるほど吉田刑事が云っていた通り、日活か松竹の女優さんみたいだなあ‼」

由妃は署長の机の前に立ち、深々と頭を下げた。やや長めの髪の毛には下半分だけ軽くウエーブがかかり、一六〇糎《センチ》位のスラリとした躯《からだ》に茶色のスーツをピッタリと着こなした姿は少し淋しげに見えた。

「君の取調べは吉田刑事が三日に済ませていて、此処に調書があるから大体の粗筋《あらすじ》は判っているが、今日は君にもっと詳しく話を聞かせて貰いたかったので、わざわざ来て貰ったんだよ。まあそこに坐ってくれたまえ」

と云って、署長は応接用のソファーに腰を下ろし、由妃に向かい側のソファーを勧めた。取調室で堅《かた》い木の椅子に四時間も坐らせられていたのとはえらい違いだ。由妃はホッとした。

「君がどのようにして、吉田刑事に此処へ連れて来られたのかを詳しく話してくれないか」

「はい。四日前の三月三日の午後二時頃に、私の部屋のドアを強くノックする音がしたので急いで開けますと、私の主人と見知らぬ方が入って来たのです。『君は汪林由妃だね。此の人は君のご主人の汪明仁君だろう。僕はこういう者だが』と云って、ポケットから警察手帳を出して見せて下さいました。主人が刑事さんを連れて来たのだと直感し、吃驚《びっくり》して部屋に駆け上がり、壁に背中をもたれさせて突っ立っておりました。

『そこの壁に掛けてある男物の洋服や机の上の書物は、木原君という大学生の物だね。さっきアパートの管理人に聞いたのだが、昨年の十一月一日に君の名義で此の部屋を借りて引越して来たという。木原君と同棲しているそうだが間違いないね』と聞かれました。『はい』と返事はしましたが、此の現場を主人に見られた恥ずかしさと良心の呵責《かしゃく》から、初めてことの重大さに躯が震え、全身の力が抜けてヘナヘナと崩《くず》おれるように畳に坐り込んでしまいました。

『汪君‼　君は久し振りだから上に上がって一発やってこいよ。僕は外で待っているから』と云って、刑事さんはドアを閉めて出て行きました。私は恐《おそ》る恐る顔を上げました。主人と目が合った時、主人は怨《うら》めしそうに私をじっと見つめていましたが、両眼には涙が溢《あふ》れておりました。何か一言でも主人に謝りたいと思いましたが言葉が出て来ませんでした。

暫《しばら》くして主人がドアを開けましたので、刑事さんが部屋に入って来ました。

『何だ、やらなかったのか』と、刑事さんが笑い乍ら云いました。

『由妃君‼ 君は正式に結婚した主人がありと乍ら外《ほか》の男と堂々と同棲しているのだから、刑法で定められた性犯罪でも最も重い姦通罪《かんつうざい》を犯したことになるんだよ。本来なら刑事犯として逮《たい》捕《ほ》するんだが、まあ手錠《てじょう》をかけるのは可哀想だから、任意同行という形で僕と一緒にY警察署に来て貰おうか。管理人には、木原君が帰って来たらすぐY警察署に来るように頼んである。それと君の勤務先の支配人には、由妃君は躯の具合が悪いので当分の間休ませて欲しいと、電話してくれるように頼んでおいた。それから、君が警察に連れて行かれたことは絶対に他言《たごん》するなと念を押しておいた。それと汪君‼ 君は云わば此の事件の被害者なんだから、今日はもう帰っていいよ。二、三日中に電話で連絡するから、その時は必ずY警察署に来てくれ。君は事情聴取するだけだから心配は要《い》らない』と云って、主人を帰してしまいました。

姦通罪とは何か？ つまり人妻が不倫《ふりん》をした、性道徳に背《そむ》いた罪だと納得しました。刑事さんのおっしゃる通りに冬物の下着類とセーターなどをボストンバッグに詰めて、何とも云えない淋しさと心細い思いをし乍ら、刑事さんに付いて警察署に参ったのでございます」

「そうか。君がおとなしく付いて来たので、吉田刑事も気を良くして君を独房《どくぼう》に入れたんだが、暖かい台湾から東京に留学して来てこんな事件を起こし、留置場に入らなければならないのはいかにも可哀想で、風邪を引かないようにと毛布を四枚も余分に入れてあげたそうだ。吉田君もいいところがあるね。ところで、姦通罪という聞き慣れない言葉については、此の六法全書の條文を読んでごらん」

と、署長は非常に分厚い六法全書を開いて由妃に見せた。そこには、『刑法第一八三条　有夫ノ婦姦通シタルトキハ二年以下ノ懲役ニ処ス其相姦シタル者亦同シ、前項ノ罪ハ本夫ノ告訴ヲ待テ之ヲ論ス、但シ本夫姦通ヲ従容シタルトキハ告訴ノ効ナシ』と書かれてあった。

「法律用語は難しいだろう。判りやすく云えば、有夫、つまり正式に結婚した妻が外の男と肉体関係を持った時は姦通罪を犯したことになり、懲役二年以下の刑罰《けいばつ》を受けることになる、その相手の男も同じく二年以下の刑罰を受けることになるという意味だよ。但し此の姦通罪は本夫の告訴があって初めて裁判にかけるということになるが、これは所謂親告罪《いわゆるしんこくざい》というものだ。夫の汪明仁君が告訴すれば警察署で君と木原君の調書と、汪明仁君の聴取書と告訴状を添えて東京地方検察庁に提出し、君と木原君の身柄を引渡せば、当署としては一件落着ということだ。あとは裁判に任せる以外に方法はないのだよ。

しかしその但し書には、その夫が姦通を知り乍らこれを赦《ゆる》している場合は、告訴しても効力がない、となっている。汪君は、まさか君と木原君が同棲していたとは夢にも思っていなかっただろうね。同棲しているのを知っていて、それを認めていた訳《わけ》ではないでしょう」

「はい、私が悪いのでございます。今更ことの重大さに気が付いても、もう何もかもお終《しま》いでございます。人妻は貞淑《ていしゅく》で良妻賢母でなくてはいけないとの道徳教育は女学校でも受けましたし、不倫をしてはならないとの常識も判ってい乍ら、どうしてこんな身を滅《ほろ》ぼすような大《だい》それたことを犯してしまったのか、私にもよく判りません」

と云って、由妃は下を向いて声も立てずに泣いた。

「そんなに泣いていたら話も出来ないよ。実は、吉田君が君と木原君の調書と汪君の聴取書を僕の処へ持って来て、詳しく説明してくれたから大体のことは知っている。しかし、君が連行されたのが三月三日で、アパートの管理人がその日の夕方帰って来た木原君に『吉田刑事からすぐY警察署に来るように』と伝えたのに、彼は五日の夕方にやっと出頭して来たんだよ。吉田刑事はかんかんに怒って可成《かな》り厳しく取調べたが、木原君が一昨年、ベルリンオリンピックに日本代表として出場した水泳選手であることを知らなかったのは物怪《もっけ》の幸いだった。もし吉田君が彼の経歴を知っていて、怒ったついでに出入りしているマスコミ関係者にしゃべっていたら収拾《しゅうしゅう》がつかなくなっていた。此の署長室にも一日中記者や写真班が押しかけて来て、てんやわんやの騒ぎになっていただろう。知らぬが佛《ほとけ》とは此のことだね。

『夫のある台湾出身のダンサーが、ベルリンオリンピック日本代表水泳選手木原常雄君と同棲しているアパートを、刑事とその夫に発見された』などという新聞記事が出たなら大変なことになっていた。日本ばかりか台湾の新聞や雑誌にも大きく報道され、各社競《きそ》って汪夫婦の身元調査や興味本位の記事を書かれた日には、君達三人の将来はめちゃめちゃになっていただろう。此のような性犯罪を興味本位に報道されるのを僕は好《この》まないんだよ。放火や殺人、強盗のような悪質な事件なら報道陣にも発表するが、今度の事件は刑法犯ではあっても所謂親告罪であるから、僕としては慎重《しんちょう》にやっているんだ。

警察とは、罪を犯した人間を更生させる処だと思っている。罪を悪《にく》んで人を悪まない、というのが僕の主義だよ。吉田刑事が取調べを終えて木原君を僕の部屋に連れて来た時、僕は彼を見て吃驚した。しかし吉田刑事の調書をよく読んでみると、木原君の経歴はN大学在学中とだけ書かれていた。木原君の出頭が遅かったのでかんかんに怒ったために吉田刑事は理性を失い、最後の経歴欄は簡単に調べただけで書いたんだね。全く怪我《けが》の功名《こうみょう》だったよ。

ところで、部屋に入って来た木原君は神妙に頭を垂《た》れていたが、『なんだ!! 君は、一昨年のベルリンオリンピックに水泳の高飛込み選手として出場していた木原常雄君じゃないか』と云うと、ピクッとして顔を上げ、僕をじっと見つめていたよ。そして、

『僕は中学時代に、水泳選手として全国中等学校選手権大会に出場したこともあって、一昨年のベルリンオリンピック大会に出場した日本選手の皆さんには敬意を表し、ラジオでもずっと報道を聴いていたんだよ。全国大会でも君の飛込みを何度か見ているんだ。名誉あるオリンピックに出場した君が、何故此のような不名誉な姦通罪など犯したのだ。しかも吉田刑事の取調べによれば、君は由妃君の従兄《いとこ》とはN大学の同窓で、その頃から由妃君が汪明仁君と結婚しているのも知っていた、と自供しているではないか。又、汪夫婦が此の三月末に台湾へ帰ることも承知しているなど、正直に陳述していると調書にはある。君が名誉を捨ててまで由妃君に熱中した気持ちが僕には理解出来ないよ。全く破廉恥《はれんち》で最低な男だ。由妃君を弄《もてあそ》んでいるとしか思えない。汪君が姦通罪で告訴すれば、君は間違いなく懲役二年だ。しかも大学は退学させられるし、日本水泳連盟は勿論、オリンピック委員会からも除名され、君は世間から葬《ほうむ》り去られるのだよ。

幸か不幸か、此の事件は未だマスコミにキャッチされていないから、こうして君と話が出来るんだが、事件が新聞にでも報道されていたらどういうことになっていたか。君に覚悟《かくご》は出来ているのかね。しかし二日間も出頭しなかったのはどういう訳かね。東奔西走《とうほんせいそう》して此の事件を揉《も》み消そうとしていたのだろうが、それは無駄《むだ》なことだよ。明日、僕は汪明仁君に会うことになっている。もし汪君が君達を告訴しないと云えばいいのだが、汪君も可成りショックを受けているので、或いは告訴すると云うかも知れないよ。そうすれば君達二人を東京地方検察庁に送らなければならない。此処が所謂運命の分かれ道だ』

と厳重に説教してから、又留置場に戻したよ。

少し疲れたね。十分ばかり休憩《きゅうけい》しようか」

署長はそう云って、由妃の湯飲みにお茶を入れた。由妃は恐縮《きょうしゅく》して、

「誠に申し訳ありません。有難うございます」

と頭を下げた。署長がボタンを押すと、十五、六歳位の給仕《きゅうじ》が入って来た。

「君‼　カツ丼が来たら、十二時半頃に持って来てね」

と云い付けて、お茶を一服すると、

「さて、どこまで話したかな。そうだ、昨日汪明仁君が午前中に吉田刑事の事情聴取を終え、午

後から僕が事情聴取をすることになったんだ。吉田刑事に伴われて署長室に入って来た汪君を見るとなかなかハンサムな男で、おとなしそうだし、木原君よりもむしろ立派に見えたよ。

何故由妃君が家出をして別居することになったのかと訊ねると、由妃が帝都ダンスホールのダンサーとして勤めているうちに、中国から留学して来ていた四、五人のグループと時々踊ったりして親しくなった。その中の一人が、此の夏休みに帰国するけど一緒に上海に遊びに行かないかと誘った。由妃が是非行きたいと云い出したので、怒った。日中戦争がますます激化《げきか》している時、そんな危険な処へは絶対に行ってはならない。それに、あのグループは日本へ留学に来たとはいっても、遊び目的の金持ちの子弟ばかりで、不良グループだ……ということから喧嘩《けんか》になり、汪君が君のホッペを殴《なぐ》って、怒ったまま登校していった。それが昭和十二年七月七日、今思えば、その日に北京郊外で盧溝橋《ろこうきょう》事件が起きたのだった。夕方学校から帰った汪君は、君の姿も荷物もなくなっているのに気付き、何処かに引越したんだろうと思った。その通りかね」

「はい、その通りでございます」

「君には汪明仁という夫がありを乍ら、ダンスホールのお客さんと一緒に旅行をするなど、これから不倫をするのだと宣言したようなものではないか!!」

「いいえ、グループの中でもよく私と踊る孫《そん》さんという方は三十過ぎで、上海の交通大学を卒業し、日本の大学で研究生活を送っています。家には奥様と子供二人、それに二十三歳と十九歳の妹さんも居て、上の妹さんは上海の日本商社に勤めており、孫さんよりも日本語が達者だそうです。私は孫さんの家に泊めて貰い、その妹さんに上海見物に連れて行って貰うことになっていました」

「そうか、君は孫さんという人を信用していたんだね。それにしても外国へ行くには旅券が必要だ。君の場合だと、先ず君の本籍地である台南市役所に戸籍謄本《こせきとうほん》を請求し、それを持って外務省の関係機関に旅券交付の申請をしなきゃいけない。しかし旅券が交付されても、上海へ観光旅行するには日本駐在の国民政府の許可が必要だ。これらの手続きだけでも二ヶ月は必要だね。それに、昨年起きた盧溝橋事件をきっかけに、南支（南支那＝中国南部）では日中戦争が激しくなっている。明仁君が旅券が必要なことを知っていたら、君も上海行きをあきらめただろうし、喧嘩しなくても済んだのに。全く『知らぬが佛』ではなくて、『知らぬが不幸の源《みなもと》』になった訳だ。ところで、君が家出してから明仁君は君を探さなかったのかね」

「私が引越しましたのは、以前主人と一緒に二年ばかり住んだことのあるアパートでした。丁度部屋が空いていましたので、すぐに入居出来ました。引越す時にアパートのおばさんには、私の母からの手紙は引越し先へ回送してくれるように頼みましたので、恐らく主人は私の引越し先は知っていると思いました。二つのアパートは三百米《メートル》しか離れておりません」

「そうか、別居してもやはりご主人のアパートの近くに住んでいたということは、やはり明仁君を頼りにしていたんだね」

「ええ、何時でも仲直りして戻れると思っておりました」

「明仁君に何故君の引越し先を探さなかったかと訊ねたら、急用の時は帝都ダンスホールへ行けば、何時でも君に会えるからという返事だった。君が家出してから三度ばかり帝都ダンスホールへこっそり入り、暗い処から君がお客さんと踊っているのを見て、安心して帰って来たと云ってたよ。やはり君のことを心配していたんだね。早く仲直りして一緒に住んでいたら、こんな悲劇は起きなかったのに。やはり運命だね。

それでは、吉田刑事が何故汪君を連れて、突然君の住んでいる現在のアパートを訪ねたかを説明しよう。君は黄鉄樹《おうてつじゅ》という男を知っているだろう」

「はい、黄さんは主人とは公《こう》学校（内地の小学校）の同級生で、公学校を卒業してから農業学校に進学しました。主人は中学校に進みましたけれど、その後も二人は仲良く付き合っておりました。変な話ですけれど、私が明仁さんと急に親しく交際するようになったのは、黄さんのお兄様の結婚披露宴に私が母と一緒に出席し、明仁さんもお母様と一緒に出席していて隣合わせたからです。しかも母親同士が親しく話し始めたのがきっかけでした」

「ほう‼ これは又、因果《いんが》な話だね。その黄君が昨年の十一月に君達夫婦を頼って上京して来たんだよ。今迄農事試験場に勤めていたが、どうしても医者になりたいと、親の赦しも得て東京医学専門学校の入学試験を受けるべく出て来たんだ。君達に下宿先を世話して貰おうと思って、汪君に会ったんだそうだ。ところが夫婦喧嘩して別居しているから、よかったら僕と同居しないかと汪君に云われ、渡りに船とばかりに共同生活を始めたのだそうだ。明仁君はあと二単位取らないと卒業出来ないし、鉄樹君は医専への入学試験に備えなければならない。二人はあまり外へ遊びにも出ず、一生懸命勉強していたそうだ。鉄樹君は一月半ばに受験したが、二月半ばの発表で不合格になった。彼は随分気を落とし、一晩中泣いていたそうだ。しかし折角上京して来たのだからと、それに可成りのお金を用意して来てもいたので、あちこち見物したいと云って一人で出かけたそうだ。

ところが三月一日に熱海警察署から当署に電話が入り、黄鉄樹という男が熱海へ遊びに来て芸者屋に四日間泊まり続け、二月二十八日の夜中に一人の芸者をこっそり連れ出して、漁《いさり》火《び》を見ようと云ってボートを借りて沖へ出た。そして二人一緒に海に飛込んだのだが近くにいた漁船に発見された。救助に向かったが、泳げない芸者は既に海中に沈んだあとだった。それで海面に浮いている男を助けて病院に運んだが、何とか一命を取留めることが出来た。

その心中未遂をした黄鉄樹の住所が君達の住んでいるアパート、汪明仁君の部屋になっているから調べてくれと、熱海署から頼まれたのだよ。しかし住民台帳を調べてみたら、そこには汪明仁夫婦が居住していることになっていたので、これはおかしいと吉田刑事が早速調べに行ったのだ。そこで初めて君達夫婦が別居しているのを知り、出来れば君を説得して汪君のアパートへ帰らせようと思い、二人してアパートのおばさんから聞いた君のアパートへ行ったんだ。そうすると、十一月一日に慌《あわ》ただしく引越したというではないか。しかも引越し先の住所も云わないで。もっとも、未だ家財道具の一部は残して行ったから、そのうちに取りに来るだろうとのことだったが。

そこで吉田刑事と汪君二人は、あちこちの引越し屋を片っ端から調べ、やっと君と木原君が夫婦気取りで同棲していたアパートを見つけたのだよ。先ず管理人から話を聞き、そのあとで君の部屋をノックしたのだ。その時の君と汪君との出会いは、双方にとって大きなショックだったろうね。君はご主人が刑事を連れて来たと怨んでいたようだが、汪君の方が刑事に連れて行かれたのだよ。君を説得して汪君のアパートへ帰らせようと思った吉田刑事も驚いたそうだ。これで前後の事情は判ったかね」

「はい、よく判りました。どうも申し訳ございませんでした」

由妃は深々と頭を下げた。

そこへ、給仕がお盆に丼を二つとお茶を持って入って来た。

「おや、もう十二時半になったか。それでは食事をして、一服してから一時頃に又話を続けよう」

と署長は云った。

主人と外食する際、時々食べたカツ丼ではあったが、今食べているカツ丼の美味《おい》しいこと。一口一口食べる度に、由妃は涙が出て仕方がなかった。由妃は改めて署長に御礼を述べたが、食事中、署長がお茶を注いでくれるのにすっかり恐縮し、

「誠に申し訳ありません。こんなに深切《しんせつ》にして戴いて、何とお礼を申し上げてよいのやら。心から感謝致します」

と、立ち上がって深々と頭を下げた。

「ほう‼　さすがに日本の教育を受けた、良家の奥様らしいね」

と云い乍ら、署長はにこにこと笑っていた。

食事を終えて十分間ばかり休んだあと、

「又お茶でも飲み乍ら、話を続けようか。此の問題はどうしても今日中に片付けなければならないから。善は急げだよ。

先にも云った通り昨日汪君に来て貰ったが、彼の云うには、吉田刑事と一緒に君のアパートをやっと見つけ、管理人からも話を聞き、二人一緒に君の部屋に入り、君があっさりと木原君と同棲していることを認めた瞬間、急に目の前が真っ暗になって、君の顔をまともには見られなかったそうだ。よっぽどショックが大きかったんだろうね。それに君がY警察署に連れて行かれ、此の寒さの中留置場に入れられるのを非常に心配して、昨日署へ来る迄、夜は殆《ほとん》ど眠れなかったそうだ。

そして吉田刑事が云った姦通罪について、改めて六法全書を開いて調べたのだそうだ。條文を何回も読んでみて、姦通罪は親告罪であることを知った。そして自分さえ告訴しなければ、君も木原君も無事に済ませることが出来ると思ったんだ。木原君はベルリンオリンピックに出場した日本の誉れ高い選手であり、男の浮気《うわき》は日常茶飯事《にちじょうさはんじ》のこと。彼を赦すことにはあまり抵抗《ていこう》はなかったそうだ。しかし、君とは学生時代から熱烈な恋愛をし、やっと両家の親にも認められ、大勢の友人達の祝福も受け結婚し、二人の子供までもうけた。その子供達も親に預け、揃って東京へ留学させて貰った。そんな親の配慮《はいりょ》も受け乍ら、此の三月末には二人揃って故郷に錦《にしき》を飾ることになっていた。なのにそんな過去を忘れ、全てを捨てて木原君と同棲している君の気持ちがどうしても理解出来ないと、三日三晩胸を痛めたと、男泣きに泣いていたよ。

『此の六年間、私は由妃の好き勝手にさせ、何一つ文句を云ったことはなかったし、口喧嘩したこともなかったのです。しかし、あの留学生達と戦時下の上海に遊びに行きたいと云い出した時、そのあまりの非常識さに辛抱しきれずに殴りましたが、それがこんな結果を招くとは夢にも思いませんでした。六年間、学費や生活費を送り続けてくれた両親や、幼い子供二人を預ってくれている由妃の母親に対し、私は合わす顔がありません。自殺しようかとまで考えましたが、死ぬのは簡単ですけど、私が死んだらかえって大勢の方々に迷惑をかけ、問題が大きくなるばかりだと悟《さと》りました』

と云って泣く汪君につられ、僕まで貰い泣きしたよ。どう慰《なぐさ》めていいのか言葉もなかった」

署長の話を聞き乍ら、由妃は声をあげて泣き崩れた。

「署長様!!　私はどうしたらいいんでしょう。監獄へ二年位行っても犯した罪は償《つぐな》えません。無期懲役か死刑に相当するものと覚悟しております」

「まあそこまで思いつめなくてもよい。それでは汪君が自殺を思いとどまった甲斐《かい》がないじゃないか。又、法律では君の罪は無期とか死刑などとは規定されていない。最高二年となっているんだ。勿論道徳的に見て、君の犯した罪は非常に重く、又悪質だ。我々の考えが及ばないほどに非常識であったとは認めるが、罪を悪《にく》んで人を悪まないというのが僕の主義だから、此の事件の始末は僕に任してくれ。

明仁君は三日三晩、夢にも思っていなかった君の裏切りを怨み、一方では留置場に入っている君のことを心配し、苦しみ悩んだ末に君と木原君を告訴しないと決心したと云うんだよ。ただ、もしマスコミにキャッチされて報道されたら、台湾から留学している先輩や後輩に知れ渡り面目がないから、或いは告訴せざるを得ないかも知れない。しかし、台南の君の母親に養育して貰っている二人の可愛い子供のことを思うと、やはり告訴することは出来ない。たとえ自分が一生台湾へ帰らなくとも、君だけは子供の側《そば》に帰してやりたい。結論としては、告訴しないことに決めたからよろしくお願いします、と断腸《だんちょう》の思いで云ってくれたよ。

そこで、僕の願いを云ったのだが、どうせ告訴しないのなら、もっともっと寛大《かんだい》に由妃君を赦し、過去の全てを水に流し、両親や可愛い二人の子供のためにも由妃君を引取り、夫婦仲良く台湾へ帰れないかと一生懸命勧めたのだ。しかし、それは絶対に出来ないと汪君は云うのだ。由妃も自分の犯した罪を恥じて、私と一緒には帰れないでしょう、可哀想だけど、やはり法律に従って強制送還して戴く方が良いと思います、とキッパリ断られたよ。それが男だ、明仁君は実に立派な男だと、僕は改めて彼の顔を見たよ。

実は、三日前に台南警察署に君達夫婦の身元調査を依頼していたのだが、昨日電話で返事を貰った。直接僕が聞いたのだが、先方の調査では、汪明仁君は昭和七年に台南第一中学校を良い成績で五年で卒業し、林由妃は同じく昭和七年に四年制の高等女学校を卒業したが、二人共台湾では裕福《ゆうふく》な家庭に育った。云わば坊ちゃん嬢ちゃん育ちで、卒業と同時に結婚し、三月末に二人揃って東京に留学した。汪君はM大学の予科に、由妃は東洋洋裁学校に入学した。汪君の親からは毎月七十円、由妃の親からは毎月三十円の送金がある。以上の報告があった。

毎月百円を送金して貰っているのなら、生活費は十分の筈だが、何故君がダンサーになって働かなければならないのか。台湾女性がダンサーになったのを僕は初めて聞いたよ。もし差支《さしつか》えなかったら、その辺の事情を聞かせて貰えないかね。これは君達夫婦のプライバシーだから、答えたくなければ話さなくてもいいけどね」

「はい、話が長くなりますので、なるべく簡単に申し上げます」

由妃はお茶を一口飲み乍ら、

「私達二人の素性《すじょう》は、今署長さんが台南警察署からのお電話でお聞きになった通りです。私達二人は台南駅のホームで大勢の親戚や友人に見送られ、汽車と船を乗り継ぎ三泊四日かけて東京に着きました。東京駅には、私も知っている明仁さんの友達が五人迎えにいらしてくれました。荷物はあとで下宿に届けて貰うということで、二台のタクシーに分乗して宮城前を通り、友達の説明を受け街を見物し乍ら新宿駅に着きました。そこからは電車に乗って上原という駅に向かいました。駅からは十分ばかり歩いて友達の下宿に着きました。街の建物が立派なのと、道路の良さや人通りの多さに驚き、旅の疲れもすっかり忘れ、東京の賑《にぎ》やかさと華《はな》やかさに圧倒されました。

　それから先輩の世話で近くの下宿屋の二階に入ることになりました。主人は予定通りM大学予科に入り、私も洋裁学校に入ることが出来ました。下宿屋で十日間ばかりお世話になりましたが、又先輩のお世話で近くの一戸建ての家に引越して、二人で水入らずの生活を始めました。そして夏休みに入った七月上旬に、二人で台南に帰りました。両家共大喜びで、大変歓迎してくれました。友人達も毎日数人訪ねて来ては、東京の話を聞かせてくれと云って、非常に賑やかな楽しい日々を送っておりました。

　ところが間もなく、私が妊娠していると母に云われ、大変吃驚してしまいました。未だ若いし、折角入った洋裁学校を止めるのはもったいないから堕《お》ろした方が良いのではないかという明仁さんのお母様の意見もありましたが、私の母は絶対に堕胎してはいけないと申しました。母は私が結婚する迄市立病院の看護婦をしていて、助産婦の資格も取得しておりました。お産したら三ヶ月ばかり母乳をやってから、貴女は又東京へ行って学校に通ったらよい。子供は自分が育てるから心配しないでいい。明仁さんが大学を卒業するのにはあと六年間ある。それ迄に貴女は洋裁学校を修了すればいいじゃないか、と云ってどうしても堕ろさせてくれませんでした。

夏休みが終る頃、主人は私を残してしょんぼりと東京へ戻りました。

翌昭和八年一月十日、私は自宅で男の子を出産しました。両家共大変喜んで盛大に祝って下さいました。子供を産む迄、私は主人のことが心配でなりませんでした。下宿だったら朝食と夕食はちゃんと食べられるけど、自分でちゃんと食事を作れているのか。どうしているのだろうと手紙を出しても、返事が来るには半月位はかかります。それで、止める母を振切り、三月末に赤ちゃんを連れて東京の主人の処へ帰って来ました

「よく一人で、二ヶ月しか経っていない赤ちゃんを連れて、三泊四日の汽車と船の旅をしてきたものだね。途中可成り苦労したろう。君は強い女だよ」

「主人も大変喜んでくれ、親子三人の水入らずの楽しい生活が始まりました。子供は宏太郎《こうたろう》と

名付けましたが、顔は主人にそっくりです。台湾から留学している人で、子供を二人抱えている人もいて、子育てのことなどいろいろと助言して下さったり、仲良くお付き合いしておりました。

一軒家では買物に出かけた時など、家を留守にするのが心配でした。無用心だということで、子供が居ても受け入れて下さる二間続きのアパートを探していましたら、不動産屋のお世話で新宿の花園神社近くに設備の良いアパートがみつかり、そこに引越すことにしたのです。二階建ての二十戸あるアパートで、その端《はし》っこの二階の部屋を借りたのです。管理人夫婦が非常に深切な方で、奥さんは宏太郎を非常に可愛がって下さいました。

新宿の繁華街にも近く、窓からは伊勢丹と三越百貨店が見える部屋でした。主人も通学が便利になったと大喜びでした。隣の部屋には、私達と同じく学生夫婦が住んでいましたが、すぐに親しくなりました。その奥さんもうちの子供を非常に可愛がってくれまして、自分の赤ちゃんのように抱き一緒に買物にも行ったりして、仲良く付き合って戴きました。ご主人は医科大学の学生で仲村義三さん、奥さんは小夜子さんとおっしゃいました。その小夜子さんが、昼間は家に居りますのに、夜になると居なくなるのです。そのことを恐る恐る訊ねますと、『実は私、新宿の帝都ダンスホールにダンサーとして勤めておりますの。日活封切館の帝都座の四階にあるんだけど、ビルの裏からエレベーターで上がるのよ。宏ちゃんをアパートのおばさんに預け、ご主人と一緒に見に来ませんか』と誘われたのです。

ご主人の仲村義三さんは親が医者ではなかったのですが、自分は医者になって町の人達のためにどうしても病院を建てたいと云って、二人の兄さんとお父さんを説き伏せて上京した人でした。一年浪人して、やっとK医科大学の予科に入学することが出来たそうです。そして予科二年の時に、女学校を卒業して町役場に勤めていた小夜子さんと結婚したとのことでした。もっとも二人の家は近く、幼馴染《おさななじ》みだったこともあり話がとんとん拍子に進み、式を挙げたのだそうです。

ご主人のお父さんが、息子を一人東京においておくと碌《ろく》なことはないと云って、小夜子さんに東京で一緒に暮すよう勧めたのだそうです。生活費は十分送って下さるそうですが、ご主人が一人前の医者になり町で開業する迄には可成りの年数を要するので、自分も何処かに勤めお金を貯めようと決心し、二年前に開店したばかりの伊勢丹百貨店に勤めたそうです。貴金属売場に配属されましたが、なるほど美しく飾られたきれいな職場でしたけれど、お客様が少なくて、一日立ち通しで坐ることも出来なかったそうです。たまにあちこちのケースの間を歩く程度でしたから、毎日脚が棒のようになるので、三ヶ月は辛抱しましたが辞めることにしたとい

郵便はがき

恐縮ですが
切手を貼っ
てお出しく
ださい

1 6 0 - 0 0 2 2

東京都新宿区
新宿 1－10－1

(株) 文芸社

ご愛読者カード係行

書　名			
お買上 書店名	都道 府県　　市区 郡　　書店		
ふりがな お名前		明治 大正 昭和　年生　歳	
ふりがな ご住所	□□□-□□□□	性別 男・女	
お電話 番　号	（書籍ご注文の際に必要です）	ご職業	

お買い求めの動機

1．書店店頭で見て　2．小社の目録を見て　3．人にすすめられて
4．新聞広告、雑誌記事、書評を見て（新聞、雑誌名　　　　）

上の質問に 1．と答えられた方の直接的な動機

1．タイトル　2．著者　3．目次　4．カバーデザイン　5．帯　6．その他（　　　）

ご購読新聞　　　　新聞	ご購読雑誌

文芸社の本をお買い求めいただき誠にありがとうございます。
この愛読者カードは今後の小社出版の企画およびイベント等の資料として役立たせていただきます。

本書についてのご意見、ご感想をお聞かせください。

① 内容について

② カバー、タイトルについて

今後、とりあげてほしいテーマを掲げてください。

最近読んでおもしろかった本と、その理由をお聞かせください。

ご自分の研究成果やお考えを出版してみたいというお気持ちはありますか。

ある　　ない　　内容・テーマ（　　　　　　　　　　）

「ある」場合、小社から出版のご案内を希望されますか。

する　　しない

ご協力ありがとうございました。

〈ブックサービスのご案内〉

小社では、書籍の直接販売を料金着払いの宅急便サービスにて承っております。ご購入希望がございましたら下の欄に書名と冊数をお書きの上ご返送ください。（送料１回210円）

ご注文書名	冊数	ご注文書名	冊数
	冊		冊
	冊		冊

うことでした。

　そうこうしているうち、ご主人とはあちらこちらと旅行もしたりしていましたが、或る日曜日のこと、ご主人の友達に誘われて帝都ダンスホールへ行ったのだそうです。そしてダンスホールの華やかさとダンスのおもしろさ、上品な雰囲気に魅《み》せられ、『よし、自分はダンサーになろう』と決心したそうです。でもご主人に相談すると、駄目だと叱られたそうです。カフェーやキャバレーの女給だと、お客さんの側に侍《はべ》って一緒にお酒を飲んだりタバコを吸ったりして騒ぎ、嫌な客には躯のあちこちを触《さわ》られたりもする。でも余計にチップを貰うためには辛抱しなければならない。それに比べれば、ダンスホールのダンサーは明るいフロアーでお客さんと社交ダンスをして、一曲ごとにチケットを貰う。それを貯めて十日ごとにホールの会計で現金に換えて貰うのだから、お客さんに過剰《かじょう》なサービスをする必要もなく、卑《いや》しい職業じゃないと思ったそうです。

『お酒を飲んだお客様は入場お断り』というダンスホールもございます。又、社交ダンスは欧米では古くから王侯《おうこう》・貴族《きぞく》の社交の場で行われているものです。日本では風俗営業として取扱われてはいますが、ダンスホールへ来られるお客様は立派な紳士が多いのです。勿論金持ちの大学生がお遊び半分で来られることもありますが。

小夜子さんはご主人と何回かダンスホールへ行っているうちに、やっとご主人を説得することが出来ました。そこで、銀座にある有名な池辺社交ダンス教室に二ヶ月ばかり通って正式なレッスンを受け、やっと一人前のダンサーとして働けるようになったそうです。早速ご主人と一緒に、歩いて十五分位の処にあった帝都ダンスホールに行き、支配人を訪ねて採用してくれるように頼みました。するとその支配人は、こんなに働く目的も身元もはっきりしているのだから、今夜からでもホールへ出て下さいよ、衣裳は貸しますから、と云って即座に採用してくれたのです。しかしまさか今夜からという訳にもいかず、三日後から働き始めたのだそうです。

勤め始めて既に一年二ヶ月が経っていました。夏は午後六時から、冬は午後五時から十一時迄で、疲れたら休憩室で休んでもよいということになっております。十一時にアパートに帰って十二時頃に就寝し、六時半頃に朝食の支度をしてご主人と一緒にご飯を食べ、ご主人が学校へ行ってから一時間ばかり仮眠をとるそうですが、ご主人には少しも迷惑をかけず、自分も此の通り元気にやっていると誇らしげに云われました。

小夜子さんが夜、家に居ない理由がこれで判りました。そして今度の日曜日に、仲村さん夫婦と私達夫婦四人で、帝都ダンスホールへ行こうと誘われたのです。毎週日曜日には午後一時から五時迄、一般の人が家族や友人と共に訪れ、入場料を払って催物に参加したりデモンストレーションを見たりと、とても華やかな楽しい半日を過ごしているから是非ご一緒にと誘ってくれたのです。主人に話しますと、彼も喜んで賛成してくれました。次の日曜日に宏太郎を管理人のおばさんに預け、新宿の三越百貨店の食堂で早めに昼食を済ませ、一時半頃に四人揃って帝都ダンスホールに入りました。受付で一人三円の入場料を払いましたが、小夜子さんは勿論只でした。私と主人は、初めてダンスホールを見たのです。外国の映画でしか見たことのないダンスホールを生《なま》で見たのですが、その華やかさと素晴らしい雰囲気にすっかり飲み込まれてしまいました。

板張りのフロアより少し高い処の周りには、テーブルと椅子が並べられていて、家族連れや立派な紳士、カップル、学生グループと見える若い人達が、喜々としてお茶を飲んでおりました。舞台で楽団の演奏が始まると、大勢の人がフロアに下りて曲に合わせて踊り始めました。高い天井に吊るしたシャンデリアがゆっくり廻っており、特殊な照明の光が星のようにフロアを照らしておりました。とても此の世とは思えないほどに美しい、まるで一幅《いっぷく》の絵を見るような心地でした。

いつの間にか仲村さん夫婦が踊りつつ、見ていた私達の側に来てにこにこ笑い乍ら、楽しそうに手を振りました。そして又向こうへ踊って行きましたが、曲が終りますとこちらへ戻って来て、再びコーヒーを注文して雑談を始めました。ダンスホールを見るのは初めてだと聞きましたが如何ですかと問われますと、すっかり此の雰囲気に飲まれてしまったと主人が答え、これからも時々来ますと云いました。しかしそれにしても日本の文化が此処まで進んだのかと感心したと云いますと、此処よりも赤坂の溜池にある『フロリダ』というダンスホールの方が上だとおっしゃいます。黒人のバンドもあるそうですが、チケットは此処よりも高いそうです。

四時半になったので、そろそろ帰ろうかということになり、四人一緒にアパートに帰りました。管理人のおばさんに預けていた宏太郎は、私達の帰りを待っていたかのようにすぐ私の腕の中に飛込んできました。お礼を申しますと、いいえとてもおとなしくしていましたよ、何か話していたようですがその意味は判りませんでしたとのことでした。又お二人で出かける時は何時でも預りますよ、ともおっしゃってくれました。

その後、小夜子さんは昼間私達の部屋に来て、うちの蓄音機でレコードをかけ、簡単なワルツやブルースのステップを私に教えて下さいました。それを私が主人に教えていたのですが、最初はお互いの足を踏みつけたりしておりました。それでも少しは踊れるようになり、時たま子供をおばさんに預け、方々のダンスホールへ遊びに出かけておりました。

宏太郎はおとなしい子で、めったに夜泣きをしないし、隣近所にはあまりご迷惑をかけることはありませんでした。しかし主人が学校から帰って来ると喜んで、ご飯を食べるにもパパの膝《ひざ》に坐って片時も側を離れないのです。これでは主人も家で勉強が出来ません。昭和九年のことですが、宏太郎はもう一歳半になっていました。そこで子供を台南へ連れて帰り、私の母に預けようと思いました。

主人の家は、お父様が貿易会社を経営していて、ふだんは家に居ました。それに主人の弟二人と妹も居ます。それに比べて私の家は、父が高雄の精糖会社に勤めていて時たま帰って来るだけで、母と私と四つ違いの妹が居るだけです。そんな我が家でしたから、母も暇だろうからと、宏太郎の面倒を見て貰うことにしたのです。

昭和九年七月二日、私が宏太郎を連れて台南に帰りました。勿論主人のご両親の了解を得て、子供を私の母に見て貰うことにしたのです。母は非常に喜んでくれ、子育ては私に任せなさいと前々から云っていたのに、貴女が生意気に自分で育てたいと云ったのよ。可哀想に二ヶ月しか経っていない宏太郎を苦労して東京迄連れて行き、今度は又連れて帰って来たんじゃない。勝手なものよ、と私を叱り乍らも宏太郎を抱いて喜んでおりました」

「おや‼　主人の勉強の邪魔になるなどと云って、実は君達夫婦の遊びの邪魔になったので連れて帰ったんじゃないのかね」

と署長が云った。

「いいえ、宏太郎を預けて私は八月上旬に又東京に戻り、前に一学期だけ通った洋裁学校に二学期から復学し、再び洋裁の勉強を始めたのです」

「そうか‼　初志を貫徹《かんてつ》した訳だね」

署長は嬉しそうな顔をして、自分でお茶を入れ、由妃の湯飲みにも注いでくれた。由妃はすっかり恐縮してしまったが、話を進めた。

「隣の仲村さんに台湾のお土産品をあげ、管理人のおばさんにも差し上げましたが、皆様私の洋裁学校への復学を大変喜んで下さいました。署長さんには又叱られるでしょうが、宏太郎が居なくなったので、今度は夜に時々主人と共にダンスホールへ行くようになりました」

「それ見ろ‼　邪魔者が居なくなったから、羽根《はね》を伸ばして遊び始めたんだ。今迄は、さすがに夜は子供をアパートのおばさんに預けるのは遠慮していたんだね」

と、由妃は又叱られた。

「私も、洋裁学校を卒業して台湾に帰ったら、洋装店を開こうと常に思っておりました。そのための開店資金を少しずつでも稼《かせ》ごうと考えました。小夜子さんに相談したところ、銀座の池辺社交ダンス教室へせめて一ヶ月でも通い正式にレッスンを受けたら、自分がホールの支配人に紹介してあげると云ってくれたのです。一緒に働けるなら自分も心強いし、嬉しいとも云ってくれました。でも貴女のご主人は認めてくれるかしら、とも云われました。そこで、主人に小夜子さんが云ってくれたことを話し赦《こ》しを請うと、あっさりと認めてくれたのです。小夜子さんと一緒に出勤し、一緒に帰って来るのだからお互い好都合じゃないか、とも云ってくれました。

以上のような事情で、昭和九年十一月三日から小夜子さんの紹介を得て、帝都ダンスホールのダンサーになったのでございます。

洋裁学校は午後四時に終りますので、帰宅して晩ご飯の用意をし、五時頃に主人と一緒に済ませてから六時に出勤すれば良いと、便宜《べんぎ》を図って戴いております。ホールは午後五時から営業しておりますけれど、その頃はお客様が未だ少ないので、私達ダンサーは五時と六時との二班に分かれ出勤しております。夫々《それぞれ》の家庭の事情や本人の希望を聞いて、支配人さんが分けて下さるので非常に好都合です。小夜子さんも私と同じ六時出勤でした。

こうして毎日楽しく過ごしておりましたが、昭和十年八月頃、再び妊娠したことが判りました。翌年、昭和十一年三月の洋裁学校卒業迄は何とか頑張ろうと思いました。二度目の出産ということもありましょうが、躯も健康で、お腹もあまり目立たなかったため、ダンスホールは十二月迄勤めました。学校の方は、妊娠七ヶ月のお腹を抱え、三月に二年間の速成科を卒業することが出来ました。

「そりゃ大変な苦労をしたね‼ それで又台湾へ帰ってお母さんの処でお産をしたのかね」

「いいえ、今度は妊娠したことは母には知らせず、東京で産もうと決心しました。幸いアパートの近くに産婦人科病院がありましたので、妊娠七ヶ月頃から時々その病院に通いました。女医さんでしたが、非常に深切な方で、いろいろアドバイスして戴きましたので安心出来ました。そして昭和十一年六月十七日、入院二日目に無事女の子を出産しました。

仲村さん夫婦と管理人のおばさんは大変喜んで下さいましたが、皆さん非常に心配して下さったようでした。入院してから一ヶ月後に退院しアパートに戻りましたが、台湾に帰りお母さんの側でお産をすれば良かったのに、と主人も心配してくれていたようでした。しかしやっと親子共々元気な姿で帰宅したので、非常に喜んでくれました。名前は京子《きょうこ》と名付けました。なるべく主人には迷惑をかけまいと、家事一切《いっさい》は出来る限り一人でしましたが、隣の小夜子さんがオムツの洗濯や買物の手伝いなどをして下さいました。本当に涙が出るほど嬉しかったのです。

無事出産したことも台湾には全然知らせていなかったので、驚かしてやろうと、京子が三ヶ月になった時に又三泊四日の旅をして台南の実家に帰り着きました。私の母親も主人の母親も嬉しさよりは驚きの方が大きく、『全くあきれた娘だ』と我が母には強く叱られました」

「それは全く奇想天外《きそうてんがい》だよ!! 君はなかなか意志が強く、無茶なことをやるね。それにしても君一人で、産れて間もない赤ちゃんを連れて来たり連れて帰ったりしたもんだ。明仁君は一緒に行かなかったのかい」

「主人は昭和七年の夏休みに私が妊娠したことを告げられ、私を残し一人で東京へ帰る時に運悪く台風に遭《あ》い死ぬよりも怖《こわ》い思いをしたので、船に乗るのが大嫌いになったのです。ですから何時でも私一人で台湾と東京を往復していた訳です。幸い私は一度も台風に遭っておりませんので、赤ちゃんを連れての三泊四日の汽車と船の旅はちっとも苦になりませんでした。それに、汽車でも船でも同乗した方々が何時も深切にして下さるので、むしろ此の旅が楽しみになったくらいです。


二週間位京子にお乳を飲ませていましたが、子供も私の母に慣れてきましたので、十五日目に私は又東京の主人の処に帰って来ました」

「君は子供よりも、ご主人のことを非常に大事にするんだね。ご主人が勉強出来るようにと常に考えていたのに、心の中では愛していることを意識はしていなかったようだ。だから東京へ戻り、専業主婦としてご主人と一緒に楽しく、時にはあちこちと旅行などして暮していれば良かったんだよ。何故又ダンサーになり、こんな結末を迎えなければならなかったのだ」

「はい、やはり魔が差したのか、主人のもとに戻って来た私は、隣の小夜子さんと一緒に又帝都ダンスホールのダンサーになりました。その時小夜子さんからは、ダンサーの心得として次のような助言を受けました。

『商売柄《がら》、誘惑が多いということだけは常に心得ていなければならないのよ。先ず一番多いのは中年の紳士で、会社の重役か社長で外車を持っていることを自慢し、ドライブに誘ってくる。次は住所を知りたがる。此の二つが最も多いわ。ドライブに誘われたら絶対に断るのよ。ドライブのついでにホテルのグリルで食事をし、バーで洋酒を飲み、ついには部屋に連れ込まれるの。又、住所を知り、誕生日まで聞き出して花束を贈ってくる人もいる。独身で、アパートの独り暮しだと判ればもうお終いね。まあ、長くダンスの相手を務め、気心の知れた方となら、昼間喫茶店でお茶を飲むとかレストランで食事くらい付き合っても良いとは思うわ。独身のダンサーの中にはお客様と親しくなり、両親の赦しも得てめでたくゴールインした方もいて、皆の祝福を受けダンサーを辞めていった例も沢山あるわ。でも私は、もう三年近く勤めているけど、人妻であること、そして将来の計画と固い決意を持ってダンサーになったということを、片時も忘れることなく毎日楽しく働いてきたわ』

と先輩らしく、深切に云って下さいました」

「そりゃ良い先輩を持ったね。仲村小夜子さんという方は実に良い方で、なかなかしっかりしている」

と署長が小夜子のことを誉めたので、由妃はすっかり嬉しくなり、今度は自分が署長にお茶を入れた。

「ところが、三月末に仲村さん夫婦が赤坂のアパートに引越すことになったのです。ご主人が医科大学の本科に進んだのと、小夜子さんが溜池のフロリダダンスホールに勤めることになったのとで、場所的に近い処に引越すとのことでした。私の方は相変らず帝都ダンスホールに勤めていました。既に古顔《ふるがお》にもなり、収入も可成り増えていました」

「ところで、君が家出して別居してから一度も明仁君に会っていないのかね」

「いいえ、一度だけ会いました。昨年の十月半ば、土曜日のことでした。私がダンスホールを早めに出て、主人のアパートを訪ねたのです。主人は未だ起きて勉強しておりましたが、私の突然の訪問に驚いたようでした。『そんなに遅く迄勉強しなくてもいいのに』と申しますと、単位が未だ二つ残っていて、全部取らないと卒業出来ないのだと云いました。『明日は日曜日だから、今日はもう休みましょうよ』と云って、私は押入れから一揃いしかないフトンを出して敷き、寝巻《ねまき》もないので下着姿でもぐり込みました。主人も仕方なく、豆電球だけつけてフトンに入りました。

私が家出する迄は別々のフトンに寝ていたので、一つのフトンに寝るのは二年振りでした。主人がフトンに入るやいなや、私はすぐに抱きついてセックスをしました。終って十分も経たないうちに、私の方から再び求めました。主人は久し振りだからか私の求めに応じてくれましたが、以前と違い私が息も荒く情熱的だったので驚いているようでした。二人共ぐったりと疲れ、翌朝九時迄目覚めませんでしたが、主人が起きようとした時、私は又抱きついて彼を挑発《ちょうはつ》しました。

結婚して六年近くなりますが、私がこんなに積極的になったのは初めてでした。主人は、別居して三ヶ月も経っていたから私がこんなにも求めるのだろうと思っていたようですが、三度目を終えて私は泣き出してしまいました。明仁さんと結婚して六年、二人の子供までもうけ乍ら、これが最後の一夜であることの切なさに涙したのでした。主人の方は、私が激情にかられ泣いているのだと同情してくれたようでした」

「全く、同床異夢《どうしょういむ》とは此のことだ。君は明日から浮気するんだと、楽しい夢の中にいた。一方明仁君は、来年の三月末には二人揃って可愛い子供の待つ台南へ帰るのだという、楽しい夢を見ていた訳だ」

由妃は又、署長の叱責を受けた。

「十一時過ぎに私はシャワーを浴び、ハンドバッグから化粧道具を出して軽く化粧をし、髪を整えました。その間主人もシャワーを浴び学生服に着替えました。一時頃に二人して部屋を出て、新宿の伊勢丹百貨店の食堂で特別ランチを注文し、ゆっくりと昼食をとりました。黙りがちの私に、主人が昨夜楽しい夢を見たよと話しかけてきました。二人が未だ学生時代のことですが、人目を忍び、学校帰りによく孔子廟《こうしびょう》の庭の大きな相思樹《そうしじゅ》の下で待ち合わせ、一緒にゆっくり歩いて帰っていた懐かしいシーンを見たと云うのです。その時の私のセーラー服姿が懐かしかったと申しました。今度帰ったら宏太郎と京子を連れてあの思い出の孔子廟へ行こう、と機嫌よく話してくれました。その間私は押し黙っておりました。

食事を終えて食堂を出る時、主人が支払おうとするのを押しとどめ、私の方が金持ちだからと云って支払いました。二人はエレベーターに乗り下まで下りましたが、そこで別れて主人はアパートに帰り、私は買物をするからと云って又エレベーターで上に上がりました。これが二人の最後の別れでした」

「それで何時頃から木原君と同棲したんだね」

「それから一週間して、木原さんが遊び友達と四人でダンスホールに遊びに来られました。友達に知られないように、木原さんが私と踊っている時に、アパートの合い鍵をこっそり渡して先に帰って待っているようにと話しました」

「ほう!! まるでスパイ映画のようだね。

鍵を貰った木原君は、連れの友達に急用が出来たから先に失礼すると断って、喜び勇んで早速君のアパートに行き、合い鍵でドアを開け部屋に飛込んだ。十月半ば過ぎのその季節、君の部屋は寒々としていたので、彼はすぐに電気ストーブをつけた。暫くして部屋が暖まってくると、日頃君が使っている香水やいろいろな化粧品の匂いが入り混じった芳香《ほうこう》が漂ってきた。女が一人で暮す部屋の艶《なま》めかしさが、いやが上にも欲情をかき立て、君の帰りが待ち遠しかった。そこで君が帰って来る時間を見計らってコーヒーを沸《わ》かし、胸をわくわくときめかせて待っているところへ君の足音がしてくる。ドアが開き君が部屋に入って来ると、彼はいきなり駆け寄って君を強く抱きしめキスをした。靴を脱がせてその場で抱き上げ、隣の四畳半へ入った。

そして、前以て木原が敷いたフトンの上に由妃を寝かし、洋服を脱がせ、恥ずかしがっている由妃のシミーズまで脱がせて裸にして二人はフトンを被ってもつれ込んだ。

由妃は主人の汪明仁とは初恋で結ばれ、念願かなって花の東京へ留学を兼ねて新婚生活を楽しく始め、六年の間に子供二人に恵まれたが、些細《ささい》なことから別居生活を始め、今夜のように木原と初めてセックスをするに至った。そして此の六年間に経験したことのない、セックスの甘美な楽しさ、絶頂に達した時の女の性に対する激しい刺激《しげき》を初めて経験した。又、木原は、かつてベルリンやパリ等で街娼《がいしょう》と経験した様々《さまざま》な思い出を持っていたが、今夜の由妃の完熟した肉体のなんと素晴らしいものであることかと大いに満足した。

由妃はフトンの中で、今しがた過ぎ去った激しいひと時の甘い疲《つか》れにうっとりとしていたが、木原がシャワーを浴び、終電車に間に合わせようといそいそと洋服に着替えているのを見て、急いでガウンを羽《は》おって起き、『もう遅いんだから今夜は泊っていって良いのよ』と引き留めたので、これ幸いと木原は洋服を脱いで、又、二人でフトンにもぐり込んだ」

署長の活辨《かつべん》を聞き乍ら、由妃は顔を真っ赤にして俯《うつむ》いてしまった。

「やあ!! 失敬《しっけい》失敬。僕はつい、フランス映画を見ているような錯覚を起こしてしまった。それにしても木原君は果報者《かほうもの》だよ。それじゃあ、木原君は以前にも君のアパートへ行ったことがあったんだね」

「はい、昨年の夏だったと思いますが、木原さんが友達の遊佐《ゆうさ》さんと結婚して間もない逢染夢《あいぞめゆめ》子《こ》さんを是非私に紹介したいと云うので、新宿の三越百貨店で待ち合わせ、外にも三人の友達も一緒に中村屋で昼食を済ませてから、皆さん一緒に私のアパートへ遊びにいらっしゃいました」

「ほう!! あの有名な、日活の女優逢染さんが水泳選手の遊佐君と結婚したことは聞いてはいたが」

と、署長は感嘆《かんたん》した。

「その時私はコーヒーを入れ、お盆に落花生を沢山入れて出しました。五人で円いテーブルを囲み寛《くつろ》いでおりました。コーヒーを飲み乍らおしゃべりが始まったのですが、葉室《はむろ》さんがベルリンオリンピックの平泳ぎで思わぬ金メダルを取った時の喜びとか、それに日本の代表選手達がどれだけ発奮《はっぷん》させられたかとか、前畑選手の応援に声をからせたこととか、中には開会式の時のヒットラー総統の熱烈な力強い演説が一番印象深かったとか云う人もおりました。落花生を食べ乍ら、賑やかにしゃべっておりました。私は皆のコーヒーを入れ替えたりしておりましたが、とても楽しい雰囲気でした。男友達っていいな、とも思いました。そのうち、窓際に置いてあった私のミシンを見つけた逢染さんが、あれはシンガーミシンでしょうと訊ねられました。以下はその時の会話ですけど、

『ええ、騰《たか》かったけど、学校で勧誘《かんゆう》されましたので、月賦《げっぷ》で買いました』

『由妃さんは自分の着ている洋服や、ダンスホールで着るドレスも自分で作るそうですね。洋裁学校の速成科を卒業したくらいでそんなに上達するものですか』

『いいえ、台湾の高等女学校では、三年生と四年生の家庭科の授業でみっちり裁縫《さいほう》を仕込まれますので、洋裁学校に入ってから早く上達しました』

『やはり基礎《きそ》が出来ているから、早く上達したのね。此の間、帝都ダンスホールで由妃さんがチャイナドレスを着ているのを初めて見たのだけど、とても素晴らしかった。躯にピッタリ合っていて、美しい姑娘《クーニャン》がホールへ来たのかと思ったくらいでした。由妃さんはスタイルがいいからチャイナドレスが似合うのね。ホールでも非常に目立っていたわ。ホール全体の雰囲気も盛り上げていて素晴らしかった。今度、一緒に生地を買いに行って、私のチャイナドレスを作って下さいませんか』

『ええ、必ずお気に入りのを作ります』

『一ヶ月に二回ぐらいチャイナドレスを着てホールに出ておりますけど、その日は初めからラスト迄踊り続けてくたくたになるの。途中、休憩室に入り休もうと思ってもお客様が離さないの。それに同輩《どうはい》からも嫌われるのよ。自分の客を取られるなんて、蔭《かげ》で云う人がいるから嫌になるわ』

『女性ばかりの職場ってそんなものよ』

などと賑やかに話しておりました。そうこうするうち、『もう大分時間が経ったから、今日はこれで失礼しましょう』と木原さんが云いましたので、皆様上機嫌でお帰りになりました。既に三時間も経っていたのです」

「木原君がそのように有名人を多く友達に持っているから、又、逢染さんがすぐに君と親しくなったりしたので、君はますます木原君のことを好きになったんだね‼ しかし、吉田刑事と汪君が君を見つけたのは、別のアパートだったんじゃなかったかね」

「はい、此のアパートの鍵を木原さんに渡しましたのは、時々来て戴く積りだったからです。しかし木原さんが毎日泊まりに来て、十日以上も居続けたりしましたので、これではもし急用があって主人が訪ねて来たら大変だと心配したのです。以前主人の友達が住んでいた、私も訪ねたことのあるアパートに行ってみましたら、部屋が空いておりましたので、十一月一日に慌てて引越したのです」

「そのアパートで木原君と同棲していたんだね。君は同棲する積りなどなく、人目を忍び、時たま来て貰いたいのだと何故云わなかったのかね」

「はい、それが女の性《さが》と申しましょうか、業《ごう》と申しましょうか、まるで強力な磁石《じしゃく》に引きつけられた一本の釘《くぎ》のようで、どうにも身動きが取れなくなったのです」

「台湾は日本の植民地になってから四十年位になるが、もともと土地が肥沃《ひよく》で、気候も温暖だ。農作物や果実類等の栽培や産業は大いに発達し、その生産も年々増加している。経済的にも潤《うるお》っている島民の生活は豊かで、大正時代からは特に裕福な家庭の子女が東京に留学して来るようになった。勿論大多数の留学生は、経済や産業を振興させるための知識を得るために勉強しているのであるが、昭和の初め頃からは日本全体の景気が悪くなり、失業者も増え、『大学は出たけれど』なんて映画まで作られた。公園のベンチには昼日中から『ルンペン』と称する職のない若者が大勢寝そべっている反面、銀座や新宿などの繁華街には『モボ』『モガ』と称する金持ちの若者達が大勢たむろしている。映画や雑誌による軽佻《けいちょう》浮薄《ふはく》の欧米文化に染まり、ネオン輝く街を我が物顔で闊歩《かっぽ》している。カフェーやキャバレー、ダンスホール等の風俗営業が盛んになり、流行歌やジャズが巷《ちまた》に氾濫《はんらん》し、風紀が乱れている。此のような東京に憧《あこが》れ、地方からも大勢の若者達が集まって来た。

そうした事情を知ってか知らずか、台湾からの留学生も増えている。君達夫婦は、汪明仁君は貿易商の父の事業を助けもっと繁盛《はんじょう》させようとの大志を抱き、君は君で洋裁を勉強して台湾に新風《しんぷう》を吹込み、新時代を築こうとの希望に燃えて東京へ留学して来たのに、こんな結末になってしまった。汪君の方は希望通り学業を終えたが、君は東京の悪い異文化に刺激《しげき》され、折角今迄身につけた教養や理性まで失い、不倫をして姦通罪という、性道徳からしても最も嫌われている不名誉な刑法犯に問われたのだよ」

「誠に申し訳ございません。我乍ら自分の人間性が判らなくなりました」

「その強力な磁石にひっついた釘を、当署の吉田刑事が法律に従って無理に引離し、君を刑事犯として連行して来たんだよ。君達夫婦を頼って上京して来た黄鉄樹という青年は、東京医専に入学して医者になろうと真面目《まじめ》に勉強していたのに、試験に合格出来ず、挙句《あげく》が熱海で芸者と心中未遂を起こした。その結果が此のように発展し、君を木原君から引離すことが出来たんだから、結果としては良かったよ。

君は木原君が有名人を大勢友達に持っていたからますます好きになっただろうが、それよりも君は木原君の肉体に惚《ほ》れたんじゃないのかね。水泳の高飛込みで鍛《きた》えた筋力逞《たくま》しい肉体は、海千山千の熟女《じゅくじょ》や娼婦《しょうふ》でさえ最も渇望《かつぼう》するタイプだよ。恐らく君はそうした彼の性的魅力を知らずに好きになったのだとは思うが、君を帝都ダンスホールに紹介した仲村小夜子さんの忠告も無駄になったようだね。

君と汪君は幼くして結婚し二人の子供までもうけたが、日常のセックスは恐らく単純なものだったんだろう。それが、ダンスホールへ数人の友達と一緒に来た木原君にこっそりアパートの合い鍵を渡し、部屋で自分の帰りを待たせるなんてやり方は、全く奇想天外だ。君が無知《むち》なのか、それとも作戦だったのかは知らないが、血気盛んな二十歳過ぎの、性欲旺盛な男にとっては辛抱するなんてことは無理な話さ。主人以外と初めて不倫をした最初の一夜が君の一生を変えたんだ。全ての思考やしがらみから解き放たれ、主人のことも子供達のことも母のことも忘れ、理性を失わせるほどに強烈な一夜だったのだと思う。

もし吉田刑事が三月初旬に君を当署へ連行していなくて、三月末に明仁君が帰郷する時に君を探しに行って、木原君と同棲しているところを見つけていたらどういう結果になったと思う。ひと騒動《そうどう》起きていたよ。君が木原君とは別れられないと云って、木原君も君が好きだと云っていれば、警察沙汰になり、結局は姦通罪で汪君が告訴していただろう。そうなっていたら、君も木原君も、又汪君もめちゃくちゃになっていただろう。

吉田刑事が君達の同棲を早くに発見し、汪君も僕と会う前の三日間、子供のことや両親のことをいろいろ考え、苦しみ乍らも理性を持って判断してくれた。僕に会った時はもう既に、君達二人を告訴しないと決断していた。それを告げられた時、僕は内心ホッとしたよ。警察の方から告訴しろとか、告訴しないようにとか、汪君に云えるものじゃない。親告罪はあくまでも本人の自由意思に任せなければならないからね。これで一件落着‼　とまではいかないが、まあ、君は安心していいよ」

お茶を入れ替えに来た給仕に、署長が「今夜の林由妃君の晩ご飯は、汪明仁君の差し入れだから」と云ったのを聞き、由妃は改めて主人の愛情を感じ思わず涙を流した。「もう泣くなよ。あともう少しだから」と署長は云って、十分ばかり休憩して再び話し始めた。

「木原君は実に悪い奴だ。君が汪君と結婚しており、此の三月末に台湾へ帰ることを知ってい乍ら同棲を続け、自分の欲情を満足させるために、君の思慮分別《じりょふんべつ》を忘れさせ、魂《たましい》まで奪《うば》い、寄生虫《きせいちゅう》のように同居するなど最低の男だ。汪君の寛大な処置に大いに感謝し、これからは発奮して勉学と水泳一筋に励むよう、明日留置場から連れ出して僕からみっちり説教をしよう。君が台湾に着く頃、その数日後迄拘置《こうち》してから釈放《しゃくほう》してやる積りだ。

君は犯した罪を十分に反省し、ご主人の寛大な処置に感謝して、台湾に帰ったら東京のことはすっかり忘れるんだね。実は、昨夜遅く迄刑事課の幹部会を開き協議した結果、君を台湾へ強制送還して君の母親に引渡すことに決まったんだよ。幸いマスコミにキャッチされず報道されていないから、善は急げということで、刑事課の田中警部補が付添って明日の夕方東京駅を出発して、夜行列車で翌日下関に行き、蓬莱《ほうらい》丸に乗船することになった。すでにその手配はしてあるんだ。

産れたばかりの赤ちゃんを一人で連れて来たり連れて帰ったりと、云わば台湾と日本との航路のベテランに、何もわざわざ刑事が付添って行く必要もないのだが、これは法律に従ってやるまでのこと。強制送還して君の親権者に引渡さなければならない定めだからね。此のような場合、外国人だと国外追放ということで勝手に帰国して貰うのだが、台湾は日本の植民地だから、同じ日本人の躯と生命の安全を保護する必要があるから此のような措置《そち》をとるんだ。

台南の母親には可成り厳しく叱られるだろうが、辛抱して謝り、そして東京で起きた全てのことを忘れなさい。可愛い二人の子供の面倒をよく見て、母親として愛情を注ぎ、正気に立ち返って真面目に強く生きるんだよ。幸いなことに、東京で学んだ洋裁の技術やセンスを身につけているから、それらを十分に生かして欲しい。洋裁店を開業して、東京のファッションや新しいモードを採《と》り入れれば、必ず繁盛すると思うよ。

親子水入らず、楽しい平和な暮しをしていれば、汪君の心も静まることだろう。気長に待てば、必ず幸福が訪れると思うよ。君は未だ若いんだ。汪君はもう二年大学院で勉強したいと云っていたから、その間に君と過ごした学生時代の楽しかったことや、二人の子供のことなど思い出して、必ず君の側に帰って来ると僕は信じているよ。彼には君の汽車の出発時間を知らせてあるが、恐らく東京駅のホームには姿を見せず、何処かで見送ることだろう。

学生時代からの恋愛が実を結び、二人揃って東京へ留学して来て、その間に二人も子供が出来たのに、運命の悪戯《いたずら》か、六年後にこんな結末を迎えようとは、誰も想像出来なかったであろう!!」

と、署長は声を詰まらせて涙ぐんだ。そして、

「おや!! もう六時になってしまったね」

と云ってベルを押すと、吉田刑事が部屋に入って来た。

「これで一件落着したよ。由妃君は明日台湾に帰ることを承知した。由妃君は今夜もう一晩だけ辛抱し、明日は明るい気持ちで、田中警部補の立ち合いのもと帰台の荷物を整理し、子供さんへのお土産品も買って、あとは母親に会う迄田中警部補の指示に従い行動すれば良いのだよ。田中警部補は勿論私服を着て行くから、汽車や船の中では決して刑事さんなどとは呼ばず、おじさんおじさんと呼ぶんだよ。判ったね。じゃ!! これで君と別れるが、くれぐれも躯を大切に!!」

と云ってソファーから立ち上がったので、由妃は深々と頭を下げ、

「本当に有難うございました。ご恩は一生忘れません。必ずや、此のご厚情に報《むく》いるよう努力致します」

涙を流し乍ら礼を述べると、吉田刑事に伴われ署長室を出て行った。

著者略歴

香月 正二（かづき しょうじ）
大正2年9月3日生まれ。
昭和47年、国家公務員退職、大手建設会社入社。
昭和61年、退職。

桃花散華　温情溢れる或る警察署長の話

2002年 9月 3日　初版第1刷発行

著　者　香月 正二
発行者　瓜谷 綱延
発行所　株式会社 文芸社
〒160-0022　東京都新宿区新宿1-10-1
電話　03-5369-3060（編集）
03-5369-2299（販売）
振替　00190-8-728265
印刷所　株式会社 ユニックス

ISBN4-8355-4465-X C0093